AF315432

L'ALPHABET
MORAL DE MAISTRE
GVILLAVME.

*Addreßé aux François, pour leur seruir d'in-
struction au temps qui court.*

A LYON,
Par GVICHARD PAILLY.

M.DC.XVI.

Auec Permiſſion.

AVX VRAIS FRANCOIS,
AMATEVRS DES LYS ET
DE LEVR PATRIE.

ESSIEVRS,

*Ce n'est pas chose nouuelle de voir par-
ler les fols parmy les sages, & de leur
enseigner la vraye sagesse. L'anesse de Balam parla
bien, & Aristides pour estre sage au profit de sa ville,
fit le fol ; & moy pourquoy ne pourray je donc pas en
mon humeur drolifique, faire le sage ? I'ay esté Disci-
ple de feu Monsieur mon grand amy, qui estoit vn fort
bon Maistre, & m'a monstré beaucoup de belles be-
songnes, dont ie me souuiens encore, & sur tout des
maximes d'Estat, où il estoit fort bien versé : mais
sur tout ie me souuiens, qu'vn iour passant auprés des
Tuilleries, & allant à la porte neufue, il me dict, Maistre Guillaume mon amy, il n'y a qu'vn Soleil au monde, & n'y en peut auoir deux, ny qu'vn Roy en France.
Tu as veu que tant qu'il y en a eu plusieurs, les affaires n'alloyent pas bien : mais maintenant que ie suis
seul, tu vois comme tout est gaillard, & se porte encore*

A 2

mieux : mais encor as tu veu combien il m'a fallu
prendre de peine pour le faire croire, bien que ce fuſt
pour leur plus grand bien. O le bon Maiſtre ! Ie vous
aſſeure qu'on n'en vit iamais vn tel en France ! En
deſpit du coquin qui nous l'oſta ſi toſt : car s'il l'euſt
laiſſé viure, vous euſſiez bien veu d'autres affaires,
& vous aſſeure que les Allemans ne boiroyent plus
de biere, ſi ce n'eſt pour s'engraiſſer, & ſe tenir frais :
car il leur euſt donné du vin aſſez, & vouloit remplir
toute l'Allemagne de vignes, auſſi bien que les coſtes
d'Orleans : car ie le ſçay bien, & il m'auoit deſcouuert
tous ſes deſſeins, & plus que ie n'en diray d'auiour-
d'huy En fin il treuuoit bon que la France n'euſt qu'vn
Roy, & qu'on demeuraſt en repos ſous luy, & que quăd
on ne luy voudroit pas obeyr, les affaires n'iroyent pas
bien. Ie me ſouuiens encor du temps des Anglois, lors
que noſtre bon Roy Charles VII. eſtoit Roy à Bourges,
le Duc de Betfort Viceroy à Paris, & ſon maiſtre Roy
de France & d'Angleterre, l'on ne vit iamais plus
mal aller les affaires, & crois que ſi Dieu n'y euſt mis
la main & la Pucelle auſſi, nous ſerions tous Anglois,
ou eſclaues. Tant que nous aurons la guerre nous ſerons
miſerables, & ſur tout ces guerres ciuiles, où il faut
que le pere eſgorge ſon fils, & le fils ſon pere ; & puis
vous auez deſia veu que tandis que nous nous ſom-
mes amuſez à nous colletter, les eſtrangers ſont venus
par derriere, qui ſe ſont reueſtus de nos deſpoüilles, &
croy que nous fuſſions demeurez nuds, ſi Monſieur mon
bon

bon Amy ne ſe fuſt meſlé du ieu ; n'y tournons donc
plus, & nous tenons contents de noſtre perte : car il
nous couſte trop. I'y perdy moy meſme mon caſaquin,
& ne s'en fallut que de deux pas que ma marotte n'y
demeuraſt auſſi ; ce qui m'euſt rendu bien bleu : mais
encor n'ay je pas tout perdu, car l'experience m'a ap-
prins beaucoup de choſes, qui m'ont bien ſeruy du deſ-
puis, & dont ic vous ay voulu faire part, pour vous
aduertir de ce que Monſieur mon Amy m'auoit en-
chargé, prenez le de bonne part, ie vous prie, & demeurez en paix, ſi vous voulez bien faire.

Voſtre plus affectionné ſeruiteur,
M. GVILLAVME.

L'ALPHABET MORAL
DE MAISTRE
GVILLAVME.

Addreßé aux François, pour leur seruir
d'instruction au temps qui court.

A

Dieu premierement rendez obeyssance,
Toute gloire & amour, respect & reuerence,
Apres à vostre Roy, gardant tousiours leurs
    loix:
Cil qui ne le fera sentira sur sa teste
Tomber les coups pesants d'vne dure tempeste
Qui le dissipera sous ses venteux abois.

B

Balancez le deuoir, & tousiours la compelle
Qui panche pour le Roy, face tresbucher celle,
Des partis estrangers, incogneus & sans chef:
Le corps de l'vnion, c'est de se bien entendre
Sous vn mesme vouloir, sans se laisser surprendre:
Qui cherche le desordre, il cherche son meschef.

Celuy

C

Celuy qui se roidit en sa volonté mesme,
En troublant le repos merite vn anatheme,
Et se verra maudit de tous ses citoyens,
Il vient mieux quelque fois supporter vne offence,
Que de troubler l'Estat, & le mettre en souffrance:
La guerre mange tout, la paix donne tous biens.

D

Du Roy, non des sujets obseruez l'ordonnance,
Et pensez que de Dieu deriue sa puissance,
Qui gouuerne, & maintient, sagement l'vniuers:
Vn Estat sans son Roy, c'est vn corps acephale,
Et ceux qui contre luy feront quelque cabale,
A la fin s'en iront sous son foudre à l'enuers.

E

En la guerre, en la paix il faut tousiours vn maistre,
Qui sçache gouuerner, & se faire cognoistre
Sur ceux qu'il doit regir & tenir sous sa main:
Si chascun à part soy, sa volonté veut suyure,
Le monde est renuersé, & ne sçauroit plus viure:
Il faut tousiours vn Roy; mais il doit estre humain.

F

Faute de bien s'entendre arriuent tant d'orages,
Le discord gaste tout, & remplit de naufrages,
Dôt nous deuriôs nous fteindre & demeurer contés,
Le fol deuient prudent auec l'experience:
Et les sages fuyuant le trac de leur prudence
Ne tresbuchent iamais ains demeurent constans.

Gardez

G

Gardez de vous tromper;car fouuent l'apparence
Deçoit les plus rufez,celuy qui tard s'aduance
A loifir de choifir,& prendre le meilleur,
Qui s'aduance trop toft,bien fouuent il fe bruffe,
Qui mefure fes pas, peu fouuent fe recule:
Ceux qui veulent l'autruy fouuent perdent le leur.

H

Heureux eft le fujeét, qui tient toufiours la trace
Que fon Prince luy marque,& point ne la furpaffe,
Iamais il ne fe voit furprins en fes deffeins:
Au contraire celuy qui veut eftre rebelle
Se portant aux aduis qui font en fa ceruelle,
Souuent s'en treuue mal,& voit fes defirs vains.

I

Iamais vn bon fujeét n'a trauerfé fon Prince,
Ny vn bon citoyen n'a troublé fa Prouince,
Et ceux qui l'ont voulu,toufiours s'y font trompezi
Quand le particulier fon intereft prepofe
A celuy du public où fa caufe eft enclofe,
Ses deffeins à neant tombent tous diffipez.

K

Kalendrier ne fe peut rencontrer plus vtile
Pour fe bien gouuerner,ny maiftre plus habile
Que celuy qui nous monftre à bien feruir le Roy:
C'eft le Soleil brillant de l'Eftat qu'il conferue,
Noftre Pilote heureux,qui nous guide & preferue,
Sous qui nous ne pouuons que viure en defarroy.

L

La Royauté ne peut iamais estre esbranlee
Quand des subjects la troupe vnie & bien reiglee
Demeure en son deuoir & ne s'esbranle point:
C'est le bien des subjects, du Prince l'asseurance,
Et le repos de tous, suiuy de l'abondance
Car le bien ou le mal tourne dessus ce poinct.

M

Mesdire de l'Estat, & chercher sa ruine
C'est s'opposer aux loix de la bonté diuine,
Qui a creé les Roys & nous les a donnez,
Au mesme temps qu'vn Roy vient à faire nauffrage,
Le bien de ses subjects tombe au mesme rauage,
Et tous en mesme sort s'en vont abandonnez.

N

Nous serons à iamais inuincibles en France
Tant que nous viurons tous en bonne intelligence,
Les ennemis forains ne pourront rien sur nous:
Mais si fols insensez nous venons à desmordre
De ce lien sacré qui nous tient en bon ordre,
Sans faute s'en est faict, & nous perirons tous.

O

Offenser le repos & rompre la concorde,
C'est mettre dans l'estat la guerre & la discorde
Qui causent tous malheurs: iamais vn bon subject
N'a contredit son Prince: ains de son vouloir mesme
Il s'est tousiours tenu dessous son diademe,
Le prenant pour son but, & pour son seul object.

Pour

P

Pour quelque occasion qu'on puisse feindre ou dire,
Il ne se faut iamais roidir ny contredire
Au vouloir de son Roy:& s'il nous est fascheux,
Il le faut addoucir par plaintes & par larmes,
Le prenant par douceur,non pas auec les armes:
L'humble est tousiours ouy,& non pas l'orgueilleux.

Q

Quelquesfois nous voulons auoir par violence,
Ce que nous ne pouuons sinon par tolerance;
Et pour nous trop haster souuent nous perdons tout;
La priere obstient tout,& rien ne luy resiste,
Le ciel contre l'orgueil,d'vn cœur hautain incite,
Et luy lie tousiours le repentir au bout.

R

Rien n'est plus dangereux que la croyance fole
De ceux qui vont flottant sur vn espoir friuole
D'obtenir de leurs Rois par force leur desir,
Vn Roy est maistre ou non: si l'on dit qu'il soit Maistre
Il peut donc disposer sans contredict, ny estre,
Subiect à qui voudroit en faire à son plaisir.

S

Surtout gardez la paix, & son esclat Illustre,
C'est l'abril d'vn Estat qui luy donne le lustre,
Qui traine l'abondance, & couue le repos,
Il vient mieux tolerer quelque petit desordre,
Que d'exciter la guerre, & rompre ce bel ordre,
Où nous viuons heureux chascun dedans son clos.

B ij

T

Toufiours le repentir fuit l'imprudence en croupe,
Le mutin boit fa peine en vne mefme coupe,
Et le rebelle en fin tombe aux pieds abbatu:
La conftance iamais n'a perdu fon falaire,
L'inconftance a toufiours à fon dos la mifere,
Et rien ne peut ternir l'efclat de la vertu.

V

Valeureux eft celuy, qui voyant les allarmes
Bondir contre fon Roy, s'en court foudain aux armes,
Et n'efpargne pour luy, fa vie, & fon honneur:
Mais celuy qui fe tourne aux flancs de fa patrie,
Qui trouble fon repos, & la met en furie,
Ie l'eftime couhard, digne de deshonneur.

X

Xerxes fut vn grãd Roy: mais cefte grandeur mefme
Venoit de fes fujets, dont la valeur extreme,
Et la fidelité le rendoit fi puiffant,
Si chafcun euft fuiuy fa volonté pour guide,
Que fut venu fon fceptre, auec fon throne vuide
Sinon vn vain Cahos, vn fantofme gliffant?

Y

Y a-il rien de tel que de voir l'excellence
D'vn Roy bien obey? L'ennemie puiffance
Se peut-elle approcher, luy troubler fes efforts?
Qui gronde qui voudra, rien ne luy fçauroit nuire,
Pourueu que fes fujets reuerant fon Empire,
L'ayment d'vn cœur entier, & ne le troublent pas.

Zelé

Z

Zelé sera celuy à tous incomparable,
Qui suiura de son Roy le vouloir venerable
Comme le vray pourtrait de la diuinité:
C'est ce qui fait fleurir les subjets & le Prince
Le plus fort bouleuart qui ceigne vne prouince,
Dont le mur ne sçauroit iamais estre emporté.

&

Et lors que bien vnis nous verrons nos courages
D'vn mesme cœur en tous, & les mesmes suffrages,
Nous verrons nostre Roy en tout lieu triompher,
Les subjects en repos, l'honneur de Dieu en regne,
Mais si le discord vient desployer son enseigne,
Voilà tout en desbric, & comme vn autre enfer.

F I N.